Chant français

SUR

les Désastres d'Ipsara,

PAR X. B. SAINTINE.

DEUXIÈME ÉDITION.

A PARIS,

CHEZ LADVOCAT, LIBRAIRE,

AU PALAIS-ROYAL.

1824.

Chant français

SUR

les Désastres d'Ipsara.

IMPRIMERIE DE FIRMIN DIDOT,

RUE JACOB, N° 24.

Chant français

les Désastres d'Ipsara,

Par X. B. Saintine.

DEUXIÈME ÉDITION.

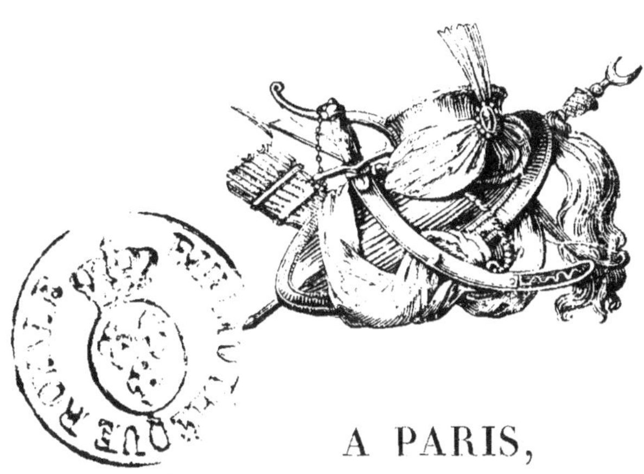

A PARIS,

CHEZ LADVOCAT, LIBRAIRE,

AU PALAIS-ROYAL.

1824.

CHANT FRANÇAIS

SUR

LES DÉSASTRES D'IPSARA.

Réveille-toi, Byron, ou la Grèce succombe !
    Ta mort fut son premier revers.
Du rapide cyprès qui croît près de ta tombe
    Déja ses lauriers sont couverts.

    Notre vieille Europe est flétrie :
    De ses arts, de son industrie,
    Elle a vu le berceau foulé
    Sous les pieds de la Barbarie,
    Et son cœur n'en fut pas troublé.
    Ce foyer de notre génie,
Ce céleste flambeau que le temps consuma,
Croyait se ranimer aux feux qu'il alluma ;
S'éteindra-t-il encor pour notre ignominie !

Et qui donc, en Europe, invoquera ton nom,
Grand Dieu! lorsque partout une foule hypocrite
Jusqu'au sein de nos camps prêche la mission,
S'arrache le pouvoir avec dévotion,
Pour la foi, pour les saints mendie et sollicite,
    Commerce de religion,
    C'est le sceptique d'Albion
Qui seul meurt pour la croix! la croix qu'ils ont proscrite.

« Mais des Grecs, diront-ils nous envions le sort;
« C'est sous le labarum qu'ils marchent à la mort;
« Pour le Dieu des chrétiens quand chacun d'eux respire,
« Irons-nous le frustrer des palmes du martyre?
« Qu'il tombe! alors plus tard nos Rois, Croisés nouveaux,
« Dans l'Archipel désert nous guideront peut-être;
« Et, pélerins armés, nous irons reconnaître
» La terre des martyrs et recueillir leurs os;
« L'église militante est tardive à paraître,
    « Car nous aimons conquérir des tombeaux. »

Marchez donc! Ipsara du sépulcre est la proie!
Là tout ce qui fut vie est de retour aux cieux;
Là, sur un lac de sang, avec des cris de joie,
Le vautour musulman plane victorieux.

La trahison vainquit la valeur confiante;

La vertu, pour un jour, porta des fruits amers;

Mais ce jour ne vit pas la vertu suppliante;

Demandez aux débris qui couvrent ces déserts!

« Épargnez les vaincus! qu'une foule captive

« Nous suive dans Stamboul jusqu'aux pieds du sultan.

        « Du carnage dont je vous prive,

« L'or vous consolera! » s'écriait l'Ottoman.

Des captifs? non, barbare, en vain tu les réclames;

Nul des fils d'Ipsara ne portera des fers!

« Que sont donc devenus les enfants et les femmes? »

Demandez aux débris qui flottent sur les mers!

Mais l'étendard sacré cependant se relève :

        Ceint de fossés et de remparts,

Un couvent a reçu les vierges, les vieillards,

Sous la protection de la croix et du glaive.

Là, Dieu combat pour eux. Leurs regards abaissés

        Ont contemplé, dans la plaine flétrie,

En funèbres monceaux leurs frères entassés :

Ils marchent! dans leurs rangs la simandre * aguerrie
En sons retentissants au clairon se marie :
Les Osmanlis, sur la brèche élancés,
Sous la foudre chrétienne expirent renversés;
Du couvent, des remparts, la double batterie
De leurs corps en lambeaux a comblé les fossés;
Et déja la terreur succède à leur furie,
Tandis qu'encor debout sur leurs murs fracassés,
Offrant cet holocauste au ciel, à la patrie,
Prêtres, femmes, soldats, tout combat et tout prie.

L'étendard chevelu fuyait, quand, vers le port,
Le flux aux fugitifs jette un nouveau renfort;
Les Hellènes, du sein d'une épaisse poussière,
Ont vu sortir la horde tout entière.
Qu'importe! leur valeur s'en accroît! Mais, hélas!
Le plomb meurtrier et rapide,
Le plomb, arbitre des combats,
Dans leurs oisives mains, manque au tube homicide.
Quelque temps au croissant ils résistent encor,

---

* La simandre est une plaque de fer recourbée, sur laquelle
les Grecs frappent avec un marteau, pour remplacer les cloches,
dont l'usage leur est interdit par les Turcs.

Car d'Ipsara les vierges héroïques
Ont livré leurs joyaux, les vieillards leur trésor :
Et le bronze vomit les diamants et l'or
        Sur les bandes asiatiques.

Mais tout espoir s'éteint : le chef de leurs guerriers [*]
S'élance au milieu d'eux, les rassemble, s'écrie :
« Des enfants d'Ipsara nous tombons les derniers ;
« La coupe en main ! salut à nos sanglants foyers !
« — A la mort ! — A la gloire ! — A toi, fille chérie,
« O jeune liberté, de notre sang nourrie,
        « Le Christ et toi, restez nos héritiers !
        « Ce sol sacré dans ses entrailles
« Renferme l'aliment des foudres destructeurs ;
« Écrasons l'ennemi sous nos saintes murailles,
« Et, puisqu'il faut céder, invitons nos vainqueurs
        « A la fête des funérailles ! »

En hurlant la victoire, alors de toutes parts
La foule des bourreaux a couvert les remparts :

----

[*] Warwaski, commandant du fort Saint-Nicolas. Jouissant de
biens considérables, et pouvant sauver sa personne et sa for-
tune, il préféra mourir avec ses compatriotes.

« Hâtez-vous, compagnons, pour le choix des esclaves,
« Sur ces murs de l'Islam arborez le drapeau.
      « Des fers pour ce lâche troupeau,
      « De l'or et du sang pour les braves! »

Il disaient : un volcan s'est ouvert sous leurs pas.
Le salpètre enfermé, rugit, brise la terre,
A tous les vents jetés, le sacré monastère
Et vainqueurs et vaincus, tout roule avec fracas!
      Et tout-à-coup un cri sublime,
      Par le vieillard, par l'enfant répété,
Cri d'adieu, cri de mort, éclatant, unanime,
S'élance dans les airs, retombe dans l'abîme :
      « Vive la liberté! »

Sous la secousse et terrible et soudaine,
L'île entière a tremblé jusqu'en ses fondements;
      Le désastre a couvert la plaine
De membres mutilés et de débris fumants;
Et, les câbles rompus, l'onde agitée entraîne
Les navires chassés loin des bords écumants.

Le capitan frémit. « Quels fruits de mes conquêtes!
« A-t-il dit : un désert, des débris et des têtes!

« Ne pourrai-je donc voir, caressant mon orgueil,
« Une beauté captive, au milieu de nos fêtes,
      « Me rappeler ma gloire par son deuil! »

Regarde! la voici... Ta phalange homicide
L'entraîne devant toi... C'est elle! Stéphana,
Hier encor l'honneur des filles d'Ipsara!
Aujourd'hui dans les fers! hélas! faible et timide,
Alors que tous les siens cherchaient à conquérir
      Un trépas noble et magnanime,
Elle seule s'enfuit, pâle et pusillanime;
      Elle seule n'osa mourir!

      Et la voici, captive échevelée,
De son peuple au tombeau par la vie isolée,
      Au ciel n'osant lever les yeux,
Frémissant au milieu de l'escorte sanglante,
      Et murmurant d'une lèvre tremblante
      Et des regrets et des adieux.

« Pourquoi ces pleurs? lui dit le chef barbare,
« La fête du triomphe aujourd'hui se prépare
      « Pour les vainqueurs comme pour toi...

« Tes yeux sont beaux, tu peux un jour me plaire :

« Viens, ta place est auprès de moi ;

« Ta voix sans doute est flexible et légère ;

« Prends ce luth, calme ton effroi,

« Et chante-nous le trépas de ton père ! »

La vierge a cessé de pleurer ;

Son front se relève, un sourire

Sur sa bouche vient expirer ;

Sa main ne tremble plus, elle a saisi la lyre,

Et Dieu lui-même a semblé l'inspirer.

« O terre à jamais immortelle,

« Bois le sang de tes fils, malheureuse Ipsara ;

« Sous ce sublime engrais, plus brillante et plus belle,

« Ta palme encor reverdira.

« Ton destructeur, dans son délire,

« Jouit insolemment d'un succès passager ;

« Seule des tiens, je vis ; et c'est pour le maudire !

« D'autres viendront pour te venger.

« Ils viendront ! Dieu me le révèle !

« Les veuves de Stamboul à leurs fils éperdus

« Signaleront le jour où tous ceux que j'appelle

    « Dans Ipsara seront venus.

    « Déja leur flotte belliqueuse,

« D'Hydra, de Spezzia fend les flots glorieux ;

« Kanarès * les commande, et la croix lumineuse

    « Pour eux scintille dans les cieux.

    « Courage, ô mes frères ! aux armes !

« Auprès de la victime égorgez les bourreaux !

« Point de pitié ! frappez ! c'est du sang et des larmes

    « Qu'il faut aux mânes des héros ! »

    Ainsi, naguère si timide,

Cette vierge inspirée insultait au vainqueur.

    Quand soudain un glaive rapide

    Brille et s'enfonce dans son cœur ;

    Et soulevant sa paupière obscurcie :

    « Maître, par toi le coup me fut porté ;

    « Souviens-toi de ma prophétie ;

---

* L'amiral hydriote, Kanarès, à la nouvelle du massacre,
jura de venger Ipsara, et tint parole. On sait quelles furent ses
terribles représailles.

« Souviens-toi de l'appât offert à ma beauté.

« A mon tour, moi, je t'associe

« A mon triomphe ensanglanté;

« Tu prendras place à mon côté....

« Mais je meurs.... et te remercie....

« Tu m'as rendu la liberté. »

Et voilà tes enfants, généreuse Hellénie;

Et l'Europe est chrétienne! et tous ses potentats

Ont armé dans la paix des peuples de soldats

Pour être spectateurs de ta longue agonie!

Leurs intérêts sont-ils ceux du sultan?

Oui : tu veux être libre, ô Grec, voilà ton crime.

Que viens-tu parler d'un tyran?

Qu'importe qu'un bourreau t'opprime?

Soit pasteur, soit boucher, tout maître est légitime.

Que fait d'être à leurs yeux chrétien ou musulman!

L'Espagnol les eût vus combattre pour le Maure

Comme ils sacrifieront l'Eurotas au Bosphore,

Et l'Évangile à l'Alcoran!

Ipsara, des chrétiens ont hâté ta défaite;

Leurs vaisseaux apostats, complices d'un forban,

Lui vendaient leur secours ; et les fils du prophète
Aux fils de Jésus-Christ, sur ta rive muette,
Ont escompté dans un turban
La dîme du pillage et le prix d'une tête.

France, du moins ton noble pavillon,
Fidèle à l'infortune, a, sur ces bords funestes,
Recueilli des vaincus les déplorables restes.
De grands forfaits souvent préparent un grand nom :
Honorons les gloires modestes
De ton Drouault, de ton Digeon *.

Et toi, terreur de l'imposture,
Noble soutien des justes abattus,
Pour immortaliser tant d'exploits, de vertus,
Pour flétrir à jamais l'infame et le parjure,
Réveille-toi, Byron !... Mais non, Byron n'est plus ;
Le poète est tombé comme il ceignait l'armure ;
Apollon peut-être murmure
De voir ses fils du glaive revêtus :
La main qui tient un luth de sang doit être pure.

---

* Le capitaine Drouault sauva du massacre deux cents Ipsa-
riotes. On connaît le noble dévouement que fit éclater le capitaine Digeon en faveur des Grecs de Smyrne.

Dans l'Hellénie il cessa d'exister ;
Son cadavre étendu sur cette noble terre,
Pour l'Europe impuissante a semblé protester
Contre les droits du cimeterre.

Nous que son deuil encor paraît envelopper,
Aux projets de Byron n'oserons-nous souscrire ?
Si le fer à nos mains doit toujours échapper,
Ah ! du moins pour les Grecs combattons de la lyre !
La lyre impose au glaive et le force à frapper !

Grèce, déja pour toi j'osai tenter la lice :
Accepte de nouveau le tribut de mes vers.
Ami des opprimés, ami de la justice,
J'adoptai tes vaincus, j'ai chanté tes revers.
Je ne recherche point la gloire du poète ;
Que la postérité muette
M'accable de son abandon,
Heureux si, quand viendra ton jour de délivrance,
Un de tes fils vainqueurs, seul, errant en silence,
Et tout-à-coup se rappelant mon nom,
Le trace du fer de sa lance
Sur les débris du Parthénon.

www.ingramcontent.com/pod-product-compliance
Lightning Source LLC
LaVergne TN
LVHW011458170726
843501LV00009B/3493